KB126339

몽유의 북쪽

이정원

경기도 이천에서 태어났다.

2002년 『불교신문』, 2005년 『시작』을 통해 시인으로 등단했다.

시집 『내 영혼 21그램』 『꽃의 복화술』 『몽유의 북쪽』을 썼다.

파란시선 0099 몽유의 북쪽

1판 1쇄 펴낸날 2022년 6월 30일

지은이 이정원

디자인 최선영

인쇄인 (주)두경 정지오

펴낸이 채상우

펴낸곳 (주)함께하는출판그룹파란

등록번호 제2015-000068호

등록일자 2015년 9월 15일

주소 (10387) 경기도 고양시 일산서구 중앙로 1455 대우시티프라자 B1 202-1호

전화 031-919-4288

팩스 031-919-4287

모바일팩스 0504-441-3439

이메일 bookparan2015@hanmail.net

ⓒ이정원, 2022, printed in Seoul, Korea

ISBN 979-11-91897-21-0 03810

값 10,000원

몽유의 북쪽

이정원 시집

오래 목련을 앓았다
목련은 몽유의 꽃

강으로 가는 발걸음 붙잡는
길섶엔 매복한 어둠 몇 무더기
물망초, 물망초
기억의 옷깃을 당긴다

어제를 운구하는
말과 말 사이에서
문득, 무채색이었다

이마를 짚으며
하류에서 쓴다

이제 내 꿈이
알록달록해졌으면 좋겠다

차례

시인의 말

제1부

제2부

해설

제1부

질소칩

감자칩처럼 얇게 저며지는 계절
바싹 구워진 내가 부서질까 봐
먹구름을 뜯어 먹지
잔뜩 부푼 어깨로 창밖을 넘겨다보면
별의 영역이 한 뼘씩 줄어들지
혀에 돋은 소름만으로 며칠을 견디며
건기를 지나고 있지
새벽인가 하면 한밤중
서식지를 잃은 상제나비처럼 멸종위기종들은
절멸의 위기에도 꽃을 탐하지
달아나는 미래에 빨대를 꽂으면
소문의 꽃가루가 목구멍에 닿지
제 몸 헐어 쏘아 올린
빛을 삼킨 구름은 뜯어 먹기 좋아
빵빵해진 구름집 구름방에서
내 피톨들은 다소곳해지지

다행이다 부서지지 않아서

몽유의 북쪽

—

목련은 북쪽으로 봉오리를 연다

나의 북쪽도 그처럼 간절해
북망(北邙)은 아직 멀다고 북향을 피해 잠을 청하는데
꿈마저 자꾸 북쪽으로 자란다

길몽과 흉몽 사이 궁극의 모퉁이
북쪽은 순록의 땅

내 머릿속 툰드라에도 순록 떼
밤을 치받는 뿔의 각도가 단호하다

북방 기마민족의 피가 내 혈류를 타고 질주하나 봐
무릎에 피는 서릿발, 발뒤꿈치에 굽이치는 찬 기류, 곱
은 손등에 얼음을 가두고도
머리는 자꾸 북으로 기운다

강파른 유목의 땅 찬 별빛
눈 덮인 오미야콘 마을의 감빛 등불을 정수리에 건다

—

자작나무 우듬지에 핀 설원의 문장을 읽으며
아무르, 아무르, 시베리아 열차에 오른다

바이칼호를 차창에 두르고 서늘한 이마가 지향하는 쪽
길을 잡으면

내 몸속 얼음골 지나 순록의 뿔 치켜든 바람은 끝끝내
북향!

맹목이 펼친 호수의 수위는 잠의 이면에서 드높다

밤새 푹푹 빠지는 몽유의 발목을 거두면 눈발은 하염없
이 새벽으로 치닫고

비발디의 겨울이 내 생(生)의 숨찬 악장을 쩡쩡 가르고
있다

오목한 중턱

신발 속에선 자꾸 시간의 발톱이 자라네

산모롱이 돌아 나풀나풀 나비 여섯 오목한 궁지(窮地)에
내려앉고
철없는 나비들 그녀의 진액을 다 핥아먹고

슬픔은 늘 오목한 곳에 모이지
손목과 다리오금, 복사뼈 부근, 가슴 안골
오목한 곳에 고인 슬픔은 썩지도 않아

부풀고 부화하고 증식하고 저희끼리 둥기둥기
밤이면 떼로 기어 나와 얼씨구, 춤판을 벌였네 그녀는

춤에 지친 그들을 알약에게 주었지
알약 한 알에 손목, 알약 한 알에 무릎을
알약 한 알에 통증, 알약 한 알에 불면을

긴 발톱이 칡넝쿨처럼 엉겨 진보라로 말을 걸고 말을
거두는 칡꽃의 시간

시간의 발톱을 깎아야 하는데
관절이 점점 오목해져 그녀의 중턱이 움푹 꺼지네

슬픔의과부하 슬픔의반란 슬픔의자기복제

그녀가 중턱에 고여 있네 중력의 자장 안에 갇혀
이내 내리막길을 타려고 하네

턱밑까지 비탈진 그늘
방울져 있던 슬픔의 떼거리들이
떼구르르르 한꺼번에 쏟아져 비탈을 구르네

깎을 새 없이 발톱은 빠지거나 문드러지거나

슬픔의자가당착 슬픔의뼈대 슬픔의행로 슬픔의간절한
뿌리

나비들은 더 이상 오목한 곳에 깃들 수 없어
그녀의 중턱을 오래 서성이네
스멀스멀 기어 나오는 슬픔의 둥지를 겨우 엿보네, 이

제야

　이제서야

산방꽃차례로 피는

장딴지 굵어지고 발가락이 자라
나비코고무신은 터질 듯 부풀었지

새 신을 사 줘,
조바심 마르던 날들이 베란다에 걸터앉았네

더는 발 뻗을 데 없다고 수국 이파리가 뾰로통

새 신발 신기려 발을 빼 보니 오갈 데 없는 뿌리들이
혈맥 그물 촘촘히 생장점을 붙들고 있네

얽히고설킨 흙의 궤도 따라
자전(自傳)의 바퀴 굴려 혈맥 그물을 엮고 있네
아홉 살 내 발가락처럼 엉켜

아직도 코고무신 속 내 발가락은 나비잠을 자네
아무도 꺼내 주지 않아
헛꽃의 시간이 길어지네 발바닥 가득 뿌리만 자라네

뿌리가 걸어간 거리까지 한사코 따라가 터뜨릴

산방꽃차례의
가지런한 웃음은 피멍울인가

용천혈 쓰다듬듯
조심스레 수국 뿌리를 들어내면

계절 흘리지 말라고 비닐 망 한쪽
새소리 발효시키라고 배양토 조금
빗물 받아 안으라고 마사토를

수국꽃 필 때까지 넌지시 놓아두면
수슬수슬 상처 같은 수다가 피지

화분 발치에 앵두나무가 햇빛 그물 펼치는 동안
고집을 키우던 내 발뒤꿈치 물집도 말라
나비코고무신 벗어 던지고 가문 발가락을 꺼내네

새 운동화 속 치수 늘인 발바닥에서
하얗게 날개 접고 있던 고요가
아홉 살 꽃봉오리를 야금야금 꺼내고

마음의 키 휘영청 산방꽃차례로 솟고

묘생(猫生)에 관한 질문

—

웅크린 물음이 웅얼웅얼 발톱처럼 자란다

밤을 굴리는 나의 간지(干支)는 묘생
담즙의 시간, 묘하게 궁금한 게 많아 늘 등을 구부린다

야생의 전력을 무기 삼아 무어든 긁고 싶지만 일단 꼬
리를 말고 기다린다 꼬리표처럼 따라다니는 물음표를 베
고 이슥하게 눕는다

얼핏 뛰어넘었던 어제의 담은 기실 높은 벽
어엿해 보이려는 객기를 무기 삼아 착지하는 순간 별 속
으로 달아나 숨고 싶다

새끼들의 얼룩이 어미 명치의 굴곡을 닮아 뒹구는 술병
이나 깨진 화분 조각에 마음 베이는 날 잦다

다리 접질리는 날이라야 실컷 울어 허공을 찢어 본다 허
공은 밤에도 파랗게 날이 선다

—

배회하며 궁리가 길다

뾰족한 울음의 발자국 깊이 파이면 동동거리는 발목에
누가 방울을 달러 올까

　한밤을 꺼내다 겨드랑이가 젖어
　태생(胎生)의 습성으로 눅눅한 질문을 별에게 던져 보는

　그렁그렁
　웅크린 발톱이 물음을 키운다

그저, 저녁

물컹, 무른 살이 만져져요
독 오른 하루를 떨치려는 듯
고요는 붐벼요 유리창에
붉가시나무가 하늘로 놓인 교각처럼 우뚝해요
툭 떨어뜨리는 열매를 따라가면 문득
땅거미의 이종(異種)들이 푸른 날개를 펴고 스며요
나방 같기도
물잠자리 같기도 한 날개들을 마음에 걸쳐 두면
커튼을 치지 않아도 어둑한
유리의 표정은 섣부른 백지
부르튼 말들을 적어 보는
가시 돋친 캐리커처를 그려 보는
저녁의 낙서는 순간의 매혹이에요
메마른 시간 잠시 길게 눕지요
소소한 생각이 이불로 덮여요
어디선가 자클린 뒤 프레가 우네요
슬픔도 힘이 된다고
그녀의 첼로가 깊게 우네요
우거진 절해고도의 낙조처럼
어떤 격정이 파다하게 몰려오기도 해요

비늘 잃은 물고기의 아가미에선

자주 구름 냄새가 나지요

순간 혼절하는 빛

어둠이 먹어 치우는 이 무렵의 식성은 감쪽같아요

늘 그럴 뿐

심드렁하게 쓸쓸해서,

저녁인

●슬픔도 힘이 된다: 양귀자의 소설 제목을 인용.

꼬리에 물리다

—

　수크령, 수크령, 잠의 문턱이 소란하네 밤새 머리맡에서 짖어 대는 털북숭이 꼬리 떼, 호수공원에서 따라온 풍경의 잔해라네 수캐 꼬리인지 수여우 꼬리인지 수이리 꼬리인지, 도대체 그게 뭐라고 수캐 꼬리면 어떻고 수여우 꼬리면 어떻고 수이리 꼬리면 뭐 어떻다고 수크령 수크령 그만 짖으라고

　꼬리가 꼬리를 물고 빙빙 도네 강아지 왈츠를 추네 생체 시곗바늘이 덩달아 날짜변경선을 획획 넘네 바늘을 비틀어 물명고(物名攷)를 뒤지네 말의 뿌리를 캐 출처를 추궁하면 어라, 꼬리의 한끝이 측두엽을 간질이네 낭미초(狼尾草)라나, 구미근초(狗尾根草)라나 저 미궁의 꼬리 이리든 여우든 꼬리는 꼬리

　그 밤, 사랑을 거두지 못해 긴 꼬리의 행렬 따라 밤을 타고 넘네 어릴 적 양 갈래로 묶어 발목을 낚던, 필시 암놈이 분명한 그령풀에 닿네 풀도 외로울까 봐 암, 수 짝지어 준 옛 선인의 작명법에 무릎을 치네

—

　수크령, 수크령, 저것들이 꼬리를 치켜들고 밤새 짖어

꼬리가 문, 꼬리에 물린 가을은 내 머릿속 공원에서 지금
절정이네

세 발 까마귀

까마귀 울었다 내 눈시울의 갠지스
눈두덩 오르내리며 파닥이던 새, 뼈가 저린데
매일이 죽음이며 주검인 날들이 끼니처럼 지나갔다

울음이 뿌리 깊이 자라면
깃든 새의 발가락에 못이 박인다
암묵으로 굳은 꽃

압화거나 화석인 줄 알았는데 이제 보니
세 가닥 발자국화

그의 출처를 캐다가 알았다
태양의 흑점 속으로 나를 데려가려는 수작 혹은
덕화리 고분벽화에 안치하려는 수작

함지로 가는 기차를 탔다 불온한 안개가 칸칸이 흘러

저무는 곳으로
저물어 덧없는 곳으로 창을 낸 나는 매일같이
죽어 가는 노을을 편애하였다

까마귀 울었다 시간의 몇 뼘 뇌옥(牢獄)에서
주름져 가는 날들 무르익으면 우리 사이
가느다란 강이 흐를 텐데

어느덧 나도 모르게 품어 버린 새
새의 발자국

불후의 명소

— 숨겨야 할 샅 같은
좁다란 뒤란
점묘화로 핀다

질문이 답보다 많아 구부러진 집
해의 기울기가
점성(粘性)의 집 처마에서 높아졌다, 낮아졌다

궁색한 질문이 나뭇가리 틈에서 몸집을 불리는
문패의 뒤쪽 우멍한 뒤란

지나간 날들의 안부는 모두 뒤란에게 묻는다

침 발라 꾹꾹 눌러쓴 일기장 넘기면
불거져 나오는 누추한 페이지
희망은 접히고 절망은 꽃피고

엄마의 눈물이 뒤란에서 고욤처럼 굴러다녔지
그 눈물 찍어 바른 분꽃들 어룽어룽 저녁을 흔들어
— 불어 터진 칼국수 양푼에 노을꽃 다발로 졌지

아버진 이슥토록 먼 별

말랑한 밤의 속뼈 우려
장독들이 침묵을 엿처럼 고며 깊어 갈 때
아버지 노랫소리 거나한 틈 비집고
여투어 둔 울음 때맞춰 퍼내는 소쩍새 목이 쉴 무렵

고독이
파란의 밤을 데리고 나동그라지던 뒤란
호롱불 한 줄기 기어 나와 새벽에 기대 바래던 곳

한 가계의 뼈대가 낡은 우산살처럼 어긋나도록
내색도 없이 조용조용 늙어 간

아직도 질문의 괄호 안 우물처럼 깊은
유서 깊은 명소

두고 온 것 많아 저릿저릿, 푸르다

구름의 잡학 사전에는

—

산 중턱에 비구름 걸려 있다 피어오르던 분홍을 말아먹
은 구름 단물 빠져 씹다가 뱉어 버린

구름의 혈을 짚으면 맹그로브 숲처럼 뿌리 무성할 거
야 뿌리들이 구름 씨앗을 배고 씨앗을 터뜨리고 내 별자
리를 뒤덮고 뒤엎고

나이테가 있다면 엘피판처럼 돌고 돌며 끝없는 윤무를
출 거야

내일은 비
손에 꼭맞는 장화와
발에 꼭맞는 우산을 챙겨

산마루로 가는 거야 구름의 다운타운이 있는 곳 우후죽
순처럼 돋은 빌딩 꼭대기 밀거래가 홍행하는 곳

장화에 꼭맞는 손과
우산에 꼭맞는 발은
얼마나 편한지 익숙한지

—

구름의 떼들은 짐작도 못 하지 그들의 생성에 기원이
없어서

　삽시간 흩어져서도 그냥 그대로
　어디선가 번식하고 말 구름의 잡학 사전에는
　내일도 비
　양철 지붕을 마구 때리는

　구름이 낳아 놓은 하루가 장마처럼 길어
　혀들이 떠내려간다

　누군가를 향해 구름을 구겨 던질 수 있나?
　잿빛 얼얼하도록

블랙아이스

너를 읽지 못했어
네 속에 꽉 들어찬 검정을 보지 못했어
검정의 표면이 얇은 나비 날개인 걸 몰랐어
힘겹게 날아오르지만 금세 젖거나 찢어진다는 걸
들키지 않을 만큼 흐느끼는 어깨에 간밤
매트리스 같은 고독이 무서리를 깔았다는 걸
불면의 핸들 갈팡질팡 핸드폰 불빛으로
지형도와 지형지물을 찾고 있었다는 걸
몰랐어 그런데 몰랐다는 건 좀 그래
너를 가장 잘 읽어 내야 하지만
내게도 숯검댕이 검정이 있어
은폐한 검정 위에 덧바른
당의정 노란 두께가 있어
너도 나를 읽지 못했어
우린 서로를 읽지 못했어
손톱을 깨무는 버릇 귓불을 만지는 버릇 따위
실은 살얼음이야 가벼운 결빙의 속울음이야
네가 깐 살얼음에 늑골이 얼얼했듯
너도 한번 미끄러져 봐 나가떨어진 거기서 젖은 날개를
툭툭 털어 보라고!

다시 날아 보라고!

서로를 읽는 건 서로의 상처를 만지는 일 조심스레

자신의 예리한 얼룩을 지우는 일

휘묻이한 말의 가지들이 새로 움터

반짝반짝 빛나는 날

이제 정말 너를 읽기로 했어 검정의 감정을 감정의 날개를

너는 나비 내 마음의 경첩에 간당간당 붙들린

언제 떨어져 나갈지 모르는

읽다 만 페이지에서 바스러지는 얼음 조각이 보였어

본의 아니게

본의를 왜곡하지 말아 주세요
본의는 보늬처럼, 뒤집어쓴 껍질일 수 있으니까요

하필이면 밤껍질인지 밤껍데기인지 헷갈릴 무렵이어서
과육까지 저며 버리고 우적우적 날밤을 씹으며 드는 생
각이 궁휼했지만요

깃동잠자리가 제 육신을 껍질째 벗어 놓고
홀연히 사라진 미궁이 우주 어느 귀퉁이에 있는지 궁
금했지만요

나의 일기는
사라진 생각의 자취일 뿐
거기 서린 점자 같은 모호함으로 한밤이 되고요

달에게도 무한 권력이 있어 달빛이 감당할 수 없이 퍼
부을 때
제 날개를 비벼야 울 수 있는 곤충이 있다는 걸
꼬박꼬박 일기장의 필체로 말하려 했지요

한발 앞서려다 엎어지는 경우가 다반사라죠

맨 먼저 산마루에 걸터앉는 구름은 꼭대기에서 매번 미끄러지지요

밤새 달빛이 머리맡에서 들쑤신 추궁은 추국처럼 불안해요

골목을 모퉁이에 세워 놓고

별빛마저 비벼 끈 전신주처럼 무연해져서

나는 또 잠을 잃고 뒹굽니다

탈골된 낱말의 뼈를 주워 맞추느라 골몰합니다

떫은 보늬를 벗겨야 희고 달달한 속살을 깨물 수 있겠지요

미궁에 빠져서야 알지요

그곳이 본의 아닌 궁벽이라는 걸

어쩌다, 석류

잊히기 쉬운
잊고 싶은, 그러나 잊히지 않는
너의 눈동자를 꽂고 행성 바깥에 서 있었지
등 뒤 어둠이 농익어
새빨간 입술을 켜고
망쳐 버린 꽃밭을 손질했지

손안에, 어쩌다
붉은 유혹 페르세포네

석류를 쪼개다 피가 튀었지
물든 옷섶
글썽이는 심장

어둠이 먹여 키운 불안으로 미각의 심지를 돋우면
웅크린 감각이 덥석 되살아나
자지러지는 빨강 혹은 자주

누군가에게 건네야 하는
불땀을 옷 주름 속에 감추고

알갱이를 깨물까
한꺼번에 입안에 넣을까

석류 먹는 법
피가 덜 튀는 방식
아무도 가르쳐 주지 않았지

왼손과 오른손이 엇갈려
석류가 석류인 채 흘러가는 붉은 즙의 시간
백 년을,
피가 끓는 시간

가시연꽃

—

서리꽃 위에 불안이 앉아 있다
쓰러질 듯 걷는 날의 위태로움처럼

당신에게 희박해지려고 두터운 그늘을 펴
조마조마한 순간들의 퀼트를 짠다

먼지로부터 생성된 우주처럼
늪은 자꾸 부풀고
쇠물닭 날아드느라 겨드랑이가 가렵다

어제를 덧바른 풍등을 매달고 바람모지로 간다

(구겨지기 싫어 탈출한 날의 페이지)

저녁이 서쪽에서 부글거리면
빨주노초파남보, 소리쳐 불러도 없는 분홍은
버블 버블 솜사탕
금세 꺼지려고 부푸나

—

어둠을 찌르는 우울이 횃불을 든다

허공에 쓰는 문장들 타다 말다 노을로 깜박인다

수면 밖에서 낮은 포복으로 기어 오는 것들
친근하다

당신에게 들키지 않으려 너울을 두른다
그림자 깊은 횃불의 미래

쓸모를 위해 쓸모를 향해 가문 심지를 돋운다

(가시는 내 몸에 두른 단검)

제2부

와류

물길에 갇혀 한 걸음 보폭도 시릴 때
소용돌이 속에서 벼린
한 사내의 발톱을 보았다

햇빛 편대가 미늘을 드리운
강진 사의재(四宜齋)에는
휘몰아치던 물길의 설왕설래가 붐빈다

다산(茶山)을 만난 생각의 틈으로도
몇 개의 물줄기가 갈마든다
시대와의 불화는
흐르는 물줄기에의 역행일까 순응일까 다산은

정신을, 용모를, 언어를, 행동을 채찍질하며
다스림의 밧줄을 물결 너머로 던져
본류를 파악한 것이다 합수친 것이다

그리고 나는
팽나무 지긋한 그늘 수발을 받으며 아욱국을 먹는다

한 사내의 목이 메었을
한 숟가락 한 숟가락 울화를 삭였을
아욱국은 옛 주모의 텁텁한 속정처럼 깊다

마당가 여름을 사르는 접시꽃은 아욱과(科)의 풀꽃
아욱꽃 작은 숨결이 큰 접시꽃을 섬겨 온 듯
붉음의 채도가 한층 도드라진다

초당 툇마루에 앉은 나도 '비로소 겨를을 얻는다'

그의 겨드랑이를 부축한 겨를, 치욕을 다독인 겨를이
서까래의 물결무늬로 스며 고고하다
격랑 속에서 솟구쳐 핀 저작들이
겨를의 둘레에서 처연히 빛난다

발걸음 앞 물길을 지목했던 내 쫀쫀한 보폭이
미늘에 걸려
따가운 힐문을 낚는

와류,

44

강진에서 와류는

시간의 물목을 지키는 긴 짐승이다

꿈틀거리며 더 깊고 넓은 물굽이로 나아가는,

●비로소 겨를을 얻는다: 다산 정약용이 강진으로 유배되었을 때 던진
첫말.

라 모레네타

하늘이 죽음처럼 파랗게 깊어요

절벽은 끝내 절벽
내 앞에 마주한 직벽 또한 절벽이므로
도망치듯 편승한 마지노선

암벽은 오래전 암벽이기를 마다했지요
한 무리의 성상(聖像)이 절벽에서 태어나
도열한 사제처럼 우쭐우쭐
라 모레네타, 당신을 동굴에서 깨웠다네요
떠도는 증표 완연해요

당신은 기민한 이름
검어서 빛나는 날들의 족적을 옷 주름에 사리고
누군가의 속말에 촉촉해져요

절벽 아닌 곳 없는 영혼들이 풀어내는 고해(告解)의 혀
끝에선
톱니들이 자라요
순례객 속 누군가 해진 날개를 꽁무니에 달고

라 모레네타, 라 모레네타, 당신의 동공에 숨고 있어요

아찔함이 보좌가 되는
벼랑 아래
납작 엎드린 풍경이 자꾸만 허방 같아서
내 넋의 연골을 오래 얹어 둘 수 없네요

라 모레네타, 라 모레네타
한 떼의 양털구름이 천사의 날개를 훔쳐 달아나면
문득, 당신의 구슬이 묵직하게 구를 거예요

절벽은 내 안을 스스로 벼린 예각이죠

●라 모레네타: 스페인 몬세라트 수도원의 검은 성모상.

묵의 교외별전

—

말랑하다는 건 척추가 없다는 것
말랑해진다는 건 척추를 구부린다는 것

묵을 쑤다가 묵상에 빠지는 날
묵 맛같이
덤덤한 나는 희미해 지리멸렬 궁색해

견고한 해일을 헤치고
서둘러 깍지를 끼거나 재빨리 엉겨야 하는
굳어서도 말랑말랑 예각을 버려야 하는
녹록지 않은 처세의 어제가 들썩여

왜 그러구 살아? 질문의 소용돌이
왜 그렇게 살았을까? 말의 독화살
그냥 견뎌

그러므로 회색분자
회색 커튼과 회색 매트리스, 회색 이불 속
굴리는 생각마다 회색
힘센 빨강이나 파랑 앞에서 스르르 말꼬리 흐리는

—

48

물에 물 탄 듯 술에 술 탄 듯

좌도 아니고 우도 아냐
유심론을 꿈꾸다 유물론에 빠져
명징함이 좋다가 모호함에 꽂히다가
리얼리스트에서 훌쩍 로맨티스트

어떤 고명을 회색 목록에 얹을까,
생각에 생각을 더하다 밤새 차리는 한 끼의 불면

풀떡풀떡 툴툴대 보지만 결국

스스로 가라앉혀 가부좌 트는

최선의 묘책으로
말랑해지는

끝내 움츠리는

뿔은 키우리라 연두로 솟은

내몰릴 대로 내몰려
아득아득 저문 목숨들에게
후생이 있을 거야, 이런 위로는 잔인한가

상아 없는 코끼리들이 줄줄이 태어난다는 소식
아린 명치에 닿아
상아 도장을 눌러 찍다가
비집고 나온 붉은 말을 들었다

밀렵의 통증을 끌어안고 죽은
고롱고사 국립공원의 코끼리들
다시는
상아를 갖지 않을 거야, 암묵의 눈짓을 주고받고
눈물로 연대하고
진화가 아닌
퇴행을 기약하고

끔찍한 기억을 잘라 내려고
스스로 제 환부에 메스를 들이댄

담낭 없는 곰, 뿔 없는 사슴, 간 없는 거위
기형의 종들이 활보할지도 모르는
지구 전체가 고롱고사 국립공원

잃은 것과 잃음으로써 지켜 온 것 사이의
간극이 오래 불면의 갈피를 뒤적였다

밤새 설핏한 잠 속으로 따라 들어와
젖니 같은 상아를 쥐어뜯는 아기 코끼리에게
후생이 있다면,
이런 가정은 물컹한가

가슴 한가운데 비명을 새긴 나도 다음 생엔
심장 없이 태어날지도 몰라

빼앗긴 계절이 뒤통수치고 달아난 벌거숭이 나목처럼
허공이라도 들이받을

뿔은 키우리라
연두로 솟은 식물성 고집의

삐끗과 삐딱

—

가윗날이 손가락을 물었다
피를 봤다
꿰맨 왼손 검지를 친친 동여매고
자판을 친다

'물길'을 치니 불길, '눈보라'는 물보라, '사랑'은 사양, '고
향'은 소란, '젖은 꽃잎'은 찢는 꽃잎

손가락이 삐끗하니
이미지가 삐딱해진다

물길 거슬러 불길에 닿았지, 눈보라는 물보라로 몰아
쳐, 사랑을 사양할 거야, 고향은 지금 꽃 사태로 소란한 게
분명해, 비는 송곳니처럼 젖은 꽃잎을 찢고 나는 찢어지고

이 낯선 교란
삐끗,이 끼어들어 삐딱해지는
신선한 도발을 즐긴다

—   느닷없이

무엇엔가 베어지는 마음의 결 있으면 좋겠다

메마른 심장도 접질리면
어디로 튈까
저수위였던 내 심장의 피톨들

어긋난 생각의 섬모들이
화들짝 설레는 봄밤

그대라는 덜미

담을 허물고
암막 커튼을 젖히고 달빛처럼 잠입하는
마타 하리,
물랭루주는 성업 중이죠, 밤이면 밤마다

그대 어쩌다 내 애인인 거 맞죠
흥청망청 현란한 밤무대에서
몸은 야밤의 두건 정신은 동트는 새벽의 벌새
아리송한 머릿속 누벼 무슨 비밀을 캐려는지 몰라, 마
타 하리

젖은 눈썹의 낙타가 몰려와요 고비사막 한가운데 길 잃
은 문장이 발자국을 찍어요 고뇌의 별들 총총 벌써 스무
날째! 명왕성을 찾아 헤매다 만난 무덤가 찔레꽃 환한 덤
불숲 엄마는 맨발이네요 엄마는 왜 맨날 찔레 가시로 헐
은 내 반평생을 찌르는지 장마철 흙탕물에 떠내려간 고무
신 한 짝은 상실의 첫 번째 목록이죠 난바다에 떠서 허우
적대던 날들의 민소매 한 올 풀려요 풀리고 난 자투리로
감싸는 고독의 거처에 누군가 찾아와요 옥타비오 파스가
활 하나 내 늑골에 걸쳐 놓고 갔어요 팽팽한 신경 줄을 리

라처럼 켜라는데 요즘 핫하다는 시는 읽을수록 이명을 부추기네요 달은 미혹으로 부풀었다 꺼지고 시는 시들해지고 그렇다가도 정신이 번쩍 드는 밤 시 안 쓰는 시인이 시인인가 자책의 미끄럼을 타요 별수 없이 스마트폰을 추궁하면 라흐마니노프가 유려한 바닷속으로 수초처럼 나를 끌고 다녀요 머리채 휘어 잡혀도 뿌리 깊어 못 뽑는 이 지독한 불면의 촉수들 주파수 432hz의 배음으로 저 깊은 해저로 가라앉고 싶은데 명상마저 차크라에 이르지 못하는 뜬구름의 나날 두려운 빛 앞세워 뱃멀미로 오는 새벽의 눈동자 저 요망한,

　이래도
　나의 애인 할래요? 마타 하리
　새벽의 몽마르뜨에서 헛물켜다가 물랭루주엔 발도 못
들여놓았지만
　붉은 풍차는 밤새 헛바퀴 돌렸지만

　결단코 그대 따돌리려 해도
　꼼짝없이 그대에게 덜미 잡힌 거,
　맞죠

파,랗다

파랗게 무성해서
파는 무작정 파가 된 것

파래서 슬픈
천 평 파밭은 천 평의 눈물을 대궁 속에 지녔다

파를 갈아엎을 때
트랙터는 굉음 속에 울음을 파묻어
미처 터뜨리지 못한 파의 눈물을 대리 하역했다

밭고랑에 퍼질러 앉은 머리채가
하얗게 세고 있었으므로
파 뿌리 되도록 결가부좌한 뿌리도
텁수룩하니 기른 수염을 탈탈 털렸다

무성했던 파밭에
맵싸한 설움이 파,랗게 진동했다

파두

불현듯 아말리아 로드리게스가 왔다 로드리게스의 어
두운 숙명 Maldicao가 왔다 파두가 왔다

파두는 Fado
파두 뽑아 오라고 남편에게 보낸 카톡이 K 시인에게 잘
못 갔다
파두는 포르투갈 민요란 위트 섞인 답신에
민망함 너머
물질계에서 정신계로 순간 이동하며 파는 파두가 되었
다

운명이나 저주
그 어두운 어떤 것이 우리들 마음속에
상실을 하나씩 보내는 것일까

파두는 상실이 운명이 된 노래 뱃사람들의 애환이 리스
본 항구를 휘감는 노래
리스본에 가 보고 싶어지는 노래

파는 뽑아도 안 뽑아도 그만이지만

파두는 이 저녁 나의 화두
　　로드리게스의 젖은 음색이 검은 돛배를 타고 파도 위를
미끄러져 온다

　　당신이 탄 돛배는
　　밝은 불빛 속에서 너울거렸고
　　뱃전에서 당신은 내게 손짓하고 있었지
　　그러나 파도는 말하고 있었어
　　영원히 당신은 오지 않을 거라고

　　그러니까 파도는 파두의 전말 아니 운명의 전말 운명은
파도처럼 쓰나미처럼 덮쳐 오는 검은 그림자

　　운명의 나침반은 늘 파고 저쪽에 있다
　　그래서 파두는 파도를 헤쳐 나간 뒤의 후렴구 같은 것
　　어느 결 옆구리에 찰싹 달라붙은
　　결코 마주하고 싸울 수 없는 존재에 대한 투정 같은 것
이다

　　파를 벗길 때 눈물은 그 투정처럼 비어져 나와 파두를

듣듯 그렁해진다

●이탤릭체로 쓴 곳은 아말리아 로드리게스가 부른 파두의 제목 또는
인용 가사다.

귀의 난간

최초의 음악은 비상구였을 것
두루뭉술 뭉쳐진 울음 한끝이
견딜 만큼 견디다가 터져 나온 구음들 웽그렁
머릿속을 떠도는 밤
모스부호 같아
암호 같아
외계의 메시지 같아
기울어지는 귀는
소리와 싸우다 난간을 세운다
난간은 비상구 반대쪽에 있다, 마주친 일 없기에
생뚱맞게 서로를 바라본다
LED 조명이 태양광처럼
나를 꼬드기는 밤이다, 잠들지 말라는
빛의 테러
견디려고 마시는 알콜은 도수가 없다
취하지 않는 한밤의
구음을 이어링처럼 달고서
추적추적 비상구로 향할 때
귀가 세운 난간이
소리의 발목을 낚아챈다

바람이나 쐬라고, 휘파람이나 날리라고

동굴 속 석순처럼 매달린 귀울음이
밤의 산맥을 넘고 있다

금니(金泥) 다라니경

―

곱씹을 것 많아 닳아빠진 그곳
앙다물 것 많아 부스러진 그곳
내뱉지 못하고 우물거린 말 웅크린 그 동굴에
무지개를 심고 싶었죠
큐빅이 좋을까 루비가 좋을까

턱은 마비되고 동굴 속에 전조등이 켜졌지요
양쪽 어금니에 드릴을 꽂아 구멍을 냈어요
무지개를 말아 넣으려나

오, 이런!
무지개는 금세 떴다 스러진다고
티벳의 황금사원 한 채 들인다는군요
찬란한 금니 다라니 한 편 우물거리며 다니라는군요
입속에 불립문자(不立文字)를 모시게 되다니요

나를 좀 보세요
은밀한 입속 장신구
어금니에 꽂힌 14k의 웃음을

―

어둠 우글거리던 동굴 환해졌어요
이렇게 금니를 빨다 보면
금빛 명상들 도발적으로 튕겨 나와
반짝이는 금자탑(金字塔)이 되지 않을까요

금구(金句)를 내뱉고 있어요, 지금 나는

그런데 당신들은
쇠귀를 열어 놓았다구요?

깃털에 관한 명상

—

깃털을 주웠죠
깃털을 주웠을 뿐인데 새가슴이 되었죠 이건 누구의 코
사지일까
인디언 추장처럼 머리에 꽂으면 안 될까

깃털은 인디고블루로 빛나
저녁을 데리고 어디 먼 시베리아로 가는 여정처럼 조금
들뜨기도 했죠

깃털을 주웠죠
높바람에 떠밀려 온 천 조각 같은 여리디여린 발가락을
보았죠 분홍의
페디큐어를 신고 온 새의 가련한 한생이 보였죠

첨단은 때로 위태로워
마법의 양탄자도 실은 한 올 한 올 첨단의 교직이라니
나는 깃털 같은 하루를 내 흉강에 꽂고
촘촘한 밀도의 체위를 극지까지 몰아가리라
위태로운 상상에 몰두할 뿐이죠

—

찌라시 같은 소문은 금세 피뢰침에 낚이겠지만
파문은 낙뢰처럼 파다하겠죠

깃털을 주웠죠
어느 생에선가 잃어버린 비늘 한 조각이 이 저녁을 견인
하죠
바람은 북북서로 달아나는데 몸통 잃어버린 깃털 너무
소슬해
나는 깃펜으로나 쓰려 하죠

화려한 솜씨로 공중에서 낚아챈 송골매의 사냥감 같은
명편 하나 낚을 수 있을까 하고

비꽃이 축축하다

—

비닐우산이 지나간다

비닐우산에 핀 꽃에선 비와의 공모 냄새가 난다

투명이 투명하지 않으므로 시스루처럼 아련하다 드라이
아이스처럼 모호하다

당신의 전모를 숨기기에 안성맞춤인 날이다, 비가 거들
고 우산이 거들어

내부에의 탐닉을 주르르 공복으로 밀어 넣으려 하지만

찢을 필요 없이 젖힐 필요 없이 짚이는, 어느 전집(全集)
의 목록 들추어 당신을 꺼내 읽는다

속독의 페이지 밖 빗속을 유유히 걸어가는 당신

세우삼거리 근처 카페베네 앞 가로수 밑으로 안개를 두
르고 비를 거느리고

—

흩뿌리고 가는 수묵 한 폭, 이목구비를 뭉갠다

눈을 찌르고 심장을 쪼개는 그 한 폭이 축축해서 나는
어쿠스틱 기타처럼 후줄근 젖는다

우산 위에 만발하는 비꽃은 단박에 지기 위한 것

사라지는 풍경이 빽빽하게 축축한,

날이다

배반하는 봄

당신은악수하지않아악수를둘망정
커터칼이필요했던거야들판과겨루는몇합의
바람칼이필요했던거야찌르고나서야
솟구치는피의색깔을느긋하게관망하지

그런식의치고빠지는검법
그러니까이난장판의마당에는
오소소한소름이배경이고튀는피가세상을물들여왔다는
거

망상의의자를당겨앉는삼월은뼈가시리지
창너머아득한나라의구름을불러다앉히고싶은데
당신의거대한칼집이두려워칼집속에무수한커터칼숨겨
져있을거같아
나는자꾸숨지숨죽이지

당신이휘두른회오리검법에혼도못추스른여자
남몰래바람의씨앗을심었지눈속에자궁속에

툭툭터지는솔기를비집고치솟는독(毒)

사람들은그걸새싹이라고부르지싹수가노란
배반이시작되었지
누가누구를배반한건지는아무도모르지
유기된당신의맥박이혼절의고비를막타넘고

꽃피던 공중전화

송신도
수신도
다 저문
저 부스

꽃피던 젊음이 있었지
두근두근 떨리는 가슴 손가락 끝 전율이 있었지
지레 마중 나간 기대와 주저앉는 절망이 있었지
다급한 안부와 씁쓸한 악수(惡手) 뒤따라온 빗방울의 위
로가 있었지
플라타너스 얼룩무늬에 기댄 늦저녁 눈물이 있었지

문짝 떨어진 부스에서 기억은
휑한 역사(驛舍) 한 귀퉁이
퇴출된 꼰대처럼 어정쩡 서 있다
노숙으로 내몰린 이력들
발에 밟혀 바스라진다 이제
낭만은 그만

더 이상의 달빛 고백은 없지

분홍빛 설렘도 줄 선 기다림의 여백도 없지 무람한
애걸복걸
밀당도 없지

꽃은 피고 지고 다시 피지만
곤궁마저 꽃으로 피워 내던 한 시절 싹둑 잘려져 나가고

분주한 걸음걸음
코 박은 액정마다
번다한 스마트폰 꽃

●꽃피던 공중전화: 김경주의 「꽃피는 공중전화」 변용.

빗소리에 사무치는

―
　누굴 두드려 패고 싶을 땐 어떻게 하나요, 흠씬 울고 싶을 때는요

　옥상은 소리를
　꿀꺽 삼켜요

　너무 높은 공중에서 착지를 서둘렀죠

　그렇게 악다구니를 쳐 대도 천지가 고요해
　어제 실려 나간 죽음에도 깜깜했듯

　반응 없는 아파트 옥상 바닥을 꽝꽝 두드리다 그냥 울죠
　유리창이 글썽이는 건
　항우울제로 별을 주워 삼켰기 때문
　옷장 서랍에서 별들은 숨을 죽여요

　바닥은 바닥일 때만 소리를 지르죠
　바닥이 천정이 되거나 너무 높을 땐 소리를 숨기는 법

―
　적막은 때로 암담해 내 쓸개를 조목조목 파먹어요

그냥 부서지기 전

소리를 종량제 봉투에 담으면 빵빵하게 부풀어 날아오
를 텐데

어느 순간 공중에서 터져 버릴 텐데

소리를 삼킨 눈동자가 부옇게 흐려요

울상을 한 하루가 낮은 처마 끝에서 주르륵 미끄럼을
타네요

바닥을 치려는 거죠

발목을 분지르는 자해(自害)의 뒤끝

장렬해요

한 마리 의자

아름다움은 진실의 광채이다.
그리고 예술은 아름다움이므로
진실 없이는 예술도 없다.
—안토니 가우디

깃발 아래
펄럭이는 바람들이 앉아 있다

점철된 불면의 붉은 눈 속으로
불현듯 뛰어든 한 마리 꽃비늘 파충류 의자

구불거리는 감각의
세상에서 가장 길고 구불구불한
찬란한 비늘의 동물성 의자는 발이 없다
떠나는 이들의 꼭뒤에 비늘눈을 매달 뿐

가벼운 안부와 짧은 탄성
왁자한 피사체의 엉덩이 몇
미증유의 감각을 부렸다가
깃발 따라 홀연 흔적을 거두어 떠난다

한 사람의 손끝에서

꿈틀거림이 되살아난 타일들
흘러온 시간의 꼬리를 길짐승처럼 늘여
누군가의 의자가 된다는 것은
한 폭의 경이(驚異)

가벼운 휴식과 스침, 지나침으로 간단없이 북적이도록
저 의자의
점액질 눈빛
끊임없이 소문을 퍼나른다

머릿속 상상의 언덕
펑퍼짐한 어디쯤
그런 짐승 한 마리 들여도 될까

일몰이 긴 노을 자락을 굽이굽이 펼쳐
구불거리는 감각의 낯선 저녁이 꿈틀댄다

제3부

단지

    밥집 찾아가는 골목 입구 강원여관과 해순리폼 있어요 그 사이로 들어가려다 잠시 멈칫해요 강원여관으로 갈까 해순리폼으로 갈까 밥집도 잊고 망설여요 시린 겨울 저녁 강원여관 들어서면 설악 깊은 골 어디 절절 끓는 온돌이 반길 것 같아 석 달 열흘쯤 우격다짐으로 담겨 있다 보면 언 몸 언 마음 말쑥이 탈피한 나비 날개 얻을 수 있을 것 같아 백 일 설산 면벽으로 달마의 눈썹 한 올쯤 뽑을 것 같은데 곧 해순리폼 보여요 해순이라는 이름의 중년 여자 내 속의 헐렁하거나 꼭 끼는 것들 눈대중으로 단번에 알아채겠죠 한번은 나를 꼭 리폼해 보고 싶어요 빛바랜 꿈 청보라로 깁고 어긋났던 시간 다시 꿰맞춰 돌려놓고 싶어요 무람한 날 잘라 버리고 산뜻한 기억만 덧대 단추를 채우면 리폼된 나를 마네킹으로 세워 두고 호객을 할 수도 있어요 마음속 흥정 끝나기도 전에 나는 오른쪽이나 왼쪽이 아닌 골목으로 직진을 하고 말죠 강원여관과 해순리폼 사이 헤맸던 생각을 꽃가루처럼 날려요 설악의 온기도 리폼에 기댈 눈빛도 반짝이지 않죠 단지 망각의 힘으로 구두 굽을 몰아요 단지 낯선 미래를 먹으러 가요 찢긴 날개 펄럭이는 바람 꽁무니에 매달고

파묵(破墨)

그늘과 그늘이 겹치면 저녁이 된다

음각된 저녁의 상량문을 읽으면
마음이 물가로 기울고 저녁이 밀주를 푼다

그윽하게 익어 부글거리는 서쪽
취한 새들이 붉게 물든 부리로 노을을 물고 돌아온다
죽지에 묻혀 온 바람에 그늘 냄새 깊다

경계에 서면 누구든 기울어진다
자꾸 우묵해진다

슬픔에 슬픔이 겹쳐 호수도
꽉 잠긴 목을 풀려고 이때를 벼른다
달에서 퍼 온 어둠 속에 슬그머니 제 중량을 버린다

부풀어 테두리 없는
얼굴에 얼굴이
물살에 물살이 덧칠하는 호수의 하악(下顎)
저어새도 외로운 다리 거두는 때

마른기침의 갈대꽃 야위는 때

저기
한 사람이 온다
심연에서 걸어 나와 젖은 등뼈를 지고 절룩이며
생의 절취선을 넘는다

포개진 그늘에 얼굴을 묻고 매일 저무는 사람
벽에 자신을 거는 사람
가끔은
심장이 켜져 등피처럼 반짝 밝아지는 사람

먹빛이 출렁,
물결을 끈다

모니터

주먹을 쥐었다 편다
어떤 천형이
이 바닥에 갈래갈래 음각의 거미줄을 늘였나

한밤에 일어나 톺아보면
소나기 지나간 자리, 여울진 자리
비척대다 일어선 자리

손바닥 실금에 얽힌 생의 가시거리가
거기서 거기

거미의 행동반경 안에 거미줄이 있듯
내가 쳐 놓았을 거미줄에
내가 포획된 것

거미의 홑눈에 갇혀 버둥거리는 호박벌처럼
샛강으로 가는 실개천 헤매다
월구에 빠졌나
토성구 지나 수성구 지나 태양구 금성구도 살짝 비껴

달은 천공 저쪽 너무 쓰디쓴 게보린인데
짓무른 발가락 자꾸 옥죄어 드는데

주먹을 다시 쥔다
주먹은 감자여서 싹이 나고 잎이 나고 드디어 또 감자가
된 것

거미줄의 영역에 거미가 묶여 있듯

경계의 시선

―

물이 어는 온도는 0도
얼음이 녹는 온도도 0도

얼어야 할까 녹아야 할까 0도가 망설일 때
오래된 기분으로 0도를 껴안아 보자

어는점이 내려가는 중의 0도이고
녹는점이 올라가는 중의 0도라면
시소의 이쪽과 저쪽처럼
수평은 늘 깨지고 만다

당신의 심장이 점점 차가워질 때
나는 재빨리 정지의 몸짓으로 당신을 붙든다
당신의 입김이 점점 더워질 때
잠갔던 단추를 풀고 느슨해진다

물이거나 얼음인 당신의 온도는
나의 온도계 눈금이라야 알아챌 수 있다
그러므로 얼고 녹는 것은 당신이 아니라 나
껴안은 0도는 살아 움직인다

순식간 급랭하거나 기화할 수도 있는 경계에서
나는 늘 안개나 구름을 꿈꾼다

겨울 저녁 식탁에는
시소를 타는 고요가
한 꺼풀 살얼음을 깔고 있다

혼신지

바람은 도처의 일몰을 몰고 와 잠든다

해는 여기서 지려고 고단한 길 걸어 서쪽에 이른 것

물거울에 몸 비추고 선

겨울 혼신지의 연잎은 꿈꾸는 음표다

오래 마르며 버텨 온 몇 개의 악장들

물의 현을 연주하는 황금빛 율격이 드높다

닫힌 목젖의 그을음이 울컥 목울대의 마디를 건넌다

저녁에 닿아야 드러나는 모든 소리의 뿌리를 알겠다

상처의 힘으로 벋은 생각이 실꾸리로 엉긴

발치를 골똘히 살피다 통증으로 꺾인 목

온음표를 마디마다 드리운다

아라베스크 기호를 따라 활강하는 새 떼 한 무리

잠시 휴지부에 몸 부리는 저녁

노을이 지극하다

●혼신지(魂神池): 경북 청도 소재, 일몰이 아름다운 연못. 혼인 짐을
지고 가다 빠져 죽은 이의 굿을 행했다 해서 붙여진 지명.

버찌

—

　파편이 거리에 넘치던 밤 있었지 파편에 찔린 가로등 야
위던 밤 가슴을 다쳐 압박붕대를 감고 앓았지

　멍들이 자랐지 고집의 멍울들 울울해
　지는 꽃 보면서도 눈치 못 챘지 꽃 진 자리에 산탄이 맺
힌다는 걸

　떫고 시큼한 날들이 주기율표의 원소들처럼 나란히 서
로 같은 듯 다른 표정으로 나란히 산탄은 언제 터질지 몰라

　반란처럼 멍이 익어 갔지 달거리의 나날 달이 차오를 때
꽃피는 혓바늘처럼

　한 시절이 불쑥불쑥 터지고 있었지 으깨진 멍들이 앓고
난 발바닥을 깨물며 낙관을 찍고 있었지 검은 피의 날이
보도블록으로부터 올라올 때

　숨겼던 산탄을 주머니에서 꺼냈지 때론 가슴에서 꺼내
기도 했지 검은 피의 목록들이 피어났지

—

백로

무엇을 두고 왔을까
하얗게 눈썹이 세도록 생각해도 모르겠어요

두고 온 곳 분명한 허공에서
별들이 굴러떨어집니다
작고 동그란
영혼의 몰약이지요

참는 울음이 있고
터뜨리는 울음이 있어요
울음에 젖어 드는 지평선이 있고요

지구의 기울어진 꼭지를 돌려 태엽을 감습니다

평상에서 한잠 자고 일어난 고양이 털처럼
오소소 소름 돋는 기표들이
거미줄에 열려 있어요

거미는 포획한 적 없다고 막무가내 숨어 버리고
토란잎이 알뿌리에의 마른 근심으로

조금씩 야위어 갈 때

아, 두고 온 것이 생각났어요
툰드라 속에 숨겨 두었던 시간의 흔적들이지요

시간은 내게서 너무 많은 걸 빼앗으려고
길목마다 잠복해 있었네요

지나온 것들은 모두 모빌처럼
기억의 천정에서 빙빙 돌죠

두고 온 것보다
앞으로 두고 갈 것이 많지 않다고 새벽은
느닷없는 선물 보따리를 끌러
묵주 같은 작은 상념을 돌돌 흩뜨렸네요

이제 저 상념에 치이지 않으려구요
금세 휘발될 것들에겐 결코 걸려 넘어지지 않을래요

자꾸만 기울어지는 것은 우주가 아니라

내 신념의 머릿돌이었어요

빼다박은 듯 일상이 너무 단조로워서
계절이 쳐 놓은 덫에
그만 발이 빠지고 마는,

물길에 묻다

— 　상한 말에 채여 날개가 나달나달 해어졌다

　물길이 두루마리를 펴서 무언가 끄적이고 있다는 소식
에
　그 갈필의 행간 읽고 싶었다

　두물머리에 서서 두 물길 사이 마음 던져 보니
　멍 자국이 먼저 읽혔다 멍들은
　멍끼리 합세해 서로의 전생을 어눌하게 껴안고 있다

　사람의 일 또한 저 물길의 향방처럼 합수쳐 한 획
　굵직한 절구(絶句)로 흐르기도 하련만
　찢긴 날개로 여기 와 서니 물꽃은 도무지 꽃술을 내어
주지 않는다

　꽃술의 어느 지점이 내 앉을 자리일까
　혼몽의 한때
　저 물길 안쪽에 내 다친 날개 꺼내 깁고 싶기도 했으나

— 　읽다 만 강물의 페이지는 끝내

꽃술 숨긴 채 빠르게 넘겨지고

　오래도록 긴 혀를 놀려 마침내 득음한 강물의 소리들 죄
다 푸르러
　온전히 허공과 몸 섞고 있다

　허공을 받아안아 강물은 부득불 유유하겠으나
　서슬 퍼런 바람이 내 귀뺨 갈기고 간다

　갈대들이 일파만파 물 위에 휘갈기는 마른 붓질도
　수심 근처에선 홍건히 젖을 것이다

빗금들

오래전에 죽은 물고기는 인장처럼 제 뼈를
돌 속에 눌러놓았다

빗살무늬 토기를 쓰던 옛사람
돌무덤으로 사라진 뒤
무늬는 홀로 담금질의 시간 견뎌 오늘에 이르렀다

너는, 내게 지운 안장 위에 바람을 태웠다
바람은 말갈기를 닮아 벌판으로
벌판으로 휘달리는데

서표처럼 너는 내게 꽂혀 있다

너를 두개골에 꽂고 나는 얌전히 접혀 있다
읽다 만 페이지에서 꼼지락거리는 발가락들

움푹,
패인 곳이 빗금 지나간 자리
오래 묵어도 환하게 아픈 곳

나는 빗살무늬토기처럼 홀로 암갈색 시간을 우려낸다

나무들이 허공에 그물 치는 겨울 복판
눈보라도 빗금으로 휘몰아쳐 터진 그물코를 깁는데

비낀 세월이 금 그은
오래 묵을수록 아프게 환한 곳

물의 감옥

　　베네치아에 가고 싶었지 안개의 나날 그 물길 안쪽에 배를 대고 싶었지 물의 골목에 오래 머물고 싶었지 골목을 휘감는 불빛에 휘둘려 곤돌라를 타고 흐느적흐느적 떠돌고 싶었지 산마르코 광장에서 가면을 쓰고 카니발에 취하고 싶었지 사순절이 오기 전 또 다른 내가 나를 만나러 아니, 버리러 베네치아에 가고 싶었지 낯선 사내의 발등 일부러 밟고 시침 뚝 떼면 가면 속 그 사내도 모른 척 땡겨올라나 궁금했지 그 사내의 마음 훔쳐 돌아오는 길, 물의 미로에서 길을 잃고 싶었지 복병처럼 한 얼굴이 나타나겠지만 나는 팽 하니 돌아서고 말 거야

　　베네치아에 가고 말았네 데스크를 흘금거리며 베네치아로 가는 티켓 훔치고 말았네 재의 수요일이 닥치기 전 나를 방류하러 안개에 몸을 실었네 금서(禁書)의 첫 페이지 열듯 두근거렸네 저무는 물길 술패랭이처럼 가닥가닥 찢어져 있었네 낯선 곳에서 길을 잃는다는 건 미로에 갇히는 거였네 어느 가닥을 좇아도 산마르코 광장에 닿지 못했네 덩덩 종소리 귓속에 꽂히고 있는데 종루는 어디에 있는지 비행운이 획획 스치는 난바다에서 오도 가도 못 하고 한 잎 섬으로 둥둥 떠 있었네

96

유폐의 한때

너무 늦기도 빠르기도, 멀기도 가깝기도 한

오! 베네치아

울음의 처소

싸리꽃
푹, 젖었다

질펀한 며칠
젖은 틈을 비집고 터지는 울음 새파랗다

제 몸속을 휘젓는 칸타타
서곡은 땅속에 묻어 두고 해례본을 펼친다
완성으로 치닫는 절절한 마디
들썩이는 어깨가 만져진다

한껏 부풀린 기낭으로
시간의 막바지를 갈아엎는다
울음의 마지노선을 긋는다

점충적 저 몰입

가파른 호흡 끝
울음은
이번 생의 막창자꼬리를 지나고 있다

젖은 날 길어

목젖 안쪽

꽤나 닳았겠다

물 먹는 하마

하마가 왔다 불어 터지러 왔다 슬픔을 징집하러 왔다
울음 알갱이들 가두어 늪이 되려고 붉은 사하라 지나 지
중해 건너 뒤뚱이며 왔다

슬픔의 끄덩이들 스르르 풀려나와 그에게로 흘렀다
고슴도치처럼 웅크렸다가 소리도 없이 문고리를 땄다
장롱에 처박힌 옷가지를 걸치고 외출을 했다

틈이 마음 놓고 울었다
칸칸이 격벽 허문 눅눅한 사하라

무논에 물별이 우긋했다

하마는 느릿하게 기다렸다 하품처럼
그의 뱃살 넉살 좋게 출렁일 때까지 홀로 제 몸 저을 수
없을 때까지
오래 깜깜했던 내력의 체액들 가두고
수중보(洑)처럼 엎드려 흥건히 젖었다

습습한 날들 지나 보송한 가슴 언저리가 만져졌다

론다

사랑하는 사람과 로맨틱한 시간을 보내기
가장 좋은 곳
―헤밍웨이

당신을 만나다니요,
쿠바에선 듯

부조 너머
로맨스 따위 아스라한 구름일 뿐
물결무늬 협곡 위
오래 골똘한 지붕들이 흰 물새처럼 앉아 있었죠

붐비는 소란 낯설어 고요의 행방을 좇다가
골목골목 찾아 나선 당신의 집필실
미로였네요
굴곡진 삶의 회로처럼

누에보 다리 위에서 한참을 서성인 까닭
협곡의 까마득함 때문만은 아니죠

비경의 이면
걸어도 걸어도 닿지 않을 깊이를 천착하면

내전도 이념도 한 줄기 바람
헤밍웨이나 케리 쿠퍼, 잉그리드 버그만도
단애의 칼금 속으로 스몄을 발밑 아찔한 크레바스의
바윗골 틈새를 보았죠

누구를 위해 종이 울리나 묻지 마라
종은 나를 위해 울리는 것이니

절벽 깊숙이 휘돌아 나온 조종(弔鐘)이
이명처럼 울었습니다

끝내 벼랑 끝
추락을 감행한 마지막 당신의 총성이 종소리로 흩날려
허공 맴도는
낯선 풍경의 뒤란

고립을 뛰어넘지 못하면 섬은 섬 밖을 모르고
절벽은 서릿발 뾰족한 빙벽이므로
가뭇없는 들판 쪽으로 이어진 가없음에
오래 눈길 얹어 보았죠

종소리 쟁쟁한 추억의 변방으로

삶이 죽음 쪽으로

견인되는 날 부쩍 잦습니다

●누구를 위해 종이 울리나 묻지 마라/종은 나를 위해 울리는 것이니:
영국의 시인이자 성공회 사제인 존 던(John Donne)의 기도문. 헤밍웨
이가 차용한 소설 제목, 동명의 영화 제목.

제4부

금성전파사

　눈송이는 비틀거리다 주저앉았지 당신은 가고 없었지 돈데 보이, 돈데 보이, 추위를 껴입고 턴테이블처럼 맴돌았지 돈데 보이, 돈데 보이, 불빛 강이 흐르는 로터리에서 횡단보도를 건널까 말까 망설였지 돈데 보이, 돈데 보이, 발뒤축을 잡아당기는 기억의 섬모들, 나는 다시 먼 금성 어디쯤을 헤매야 했지 당신을 횡단하지 못해 서성인 골목에 은하가 물길을 냈지 강을 건너면 저당 잡힌 심장으로부터 도망칠 수 있는데 돈데 보이, 돈데 보이, 금성에서 전파를 보내는 당신, 여기는 화성 어디쯤인데 희미한 빛살 한 촉 날아와 박히고 있었지 유리창에 얼비친 얼굴이 주르륵 녹아 흐르면 금성이 돋는데 돈데 보이, 돈데 보이, 사랑은 궤도를 떠나 칸델라 불빛으로 겨우 반짝이다가 새벽녘 포장마차 어묵 국물처럼 얼어 터졌지 돈데 보이, 돈데 보이,

falling slowly

여름을 앓느라 눈 떼꾼한 저녁이 왔다

고사목 마른 둥치는 능소화 꽃무늬를 입고 울울창창 추
억을 상량하고 있다

나의 밀애는 한때 치렁했으나

공연 끝난 무대처럼 허허롭다

고독의 패를 쥐고 마른번개 맞을 때

당신은 접신하듯 내 눈썹을 들춘다

당신이 껴안은 둘레가 잠시 빛난다

어두워지기 전 통과의례인 빛의 산란

세상의 모든 저녁이 실려

노을은 찬란하게 피었다가 단번에 투둑 져 내린다

솔기가 터지지 않은 죽음은 그래서 더 처연하다

아직은 시간이 있어요 천천히 내려와요 친근한 눈으로

고사목 바스락거리는 내력 마음 밖이라고

능소, 능소, 고운 눈 흘기며 뛰어내리는 저 투신

내 안에 그늘이 파다하게 번질 때

당신의 저녁이 완성된다

●falling slowly: 영화 「원스」의 ost.
●아직은 시간이 있어요 천천히 내려와요 친근한 눈으로: 「falling
slowly」의 한 구절.

너머의 손짓

—

너머를 기웃거리는 날입니다

눈짓 너머 손짓이
명치를 자꾸 건드리는 날입니다

눈짓으로만 말하라고
입막음용 재갈을 물렸음에

참 많이 서투르고
적잖이 당황하고
항변의 이유가 삐죽삐죽합니다

무채색의 날
좁혀지지 않는 간격의 틈새에서
수굿한 기척의 편지를
서북 편대로 드리운 노을 자락에 씁니다

새털구름을 한 코에 꿰어 끌고 가는 비행운과
능소화 꽃술 탐하는
긴꼬리제비나비의 날갯짓은

대롱대롱한 목숨의 벼랑임을 잊었습니다

웃자란 슬픔이 싸리꽃 끝에서 글썽이는
새벽녘까지
괜한 망상의 파일을 뒤적이는 날이면
내 눈길은 또 어떤 연대의 역사(驛舍)를 서성일까요

기억의 불수의근이 불뚝 솟는
창가의 매일이 따끔거려
오늘은 손짓하는 모음들을 돌아보겠습니다

오래 잊었던 것들이지요
미처 보듬지 못하던 것들이지요
잃어버려 찾을 수 없었던 것들이지요

한 호흡,
한 발걸음 새삼스러워

지나가는 바람에게서 흘깃
간절한 손짓을 보아 버렸습니다

III

갇히고 보니
너머는 무궁합니다

문득, 모서리에서 돌출됩니다

미지의 귀납적 추이

영통동 오백 살 노옹의 최후는
저 장맛비의 식탐 탓일까

몸통에 빨대를 꽂은 매미 때문인지도 몰라 축축한 구멍
핥던 개미나 지네 때문인지도 몰라 멱살 쥐고 흔들던 바
람, 두 눈에 불을 켜고 질주하던 경적 탓인지도 몰라

아니 노구에
때때로 결렸을 옆구리
시치미 떼고 견뎠을 고독을 툭 건드려 주었을지도
저 느티
이때다 싶어 목숨 줄 놓아 버렸을지도

스물아홉 번쯤 있었을 거야 크고 작은 골절, 삼백 번쯤
있었을 거야 들쑤시는 통증 그리고 단번의 절명

속이 저리 헐하다니
몸통에 적멸 감추고 버텨 낸 발가락만 지상에 낙관을
찍네

—
미지(未知)는 그런 것

미지는 보는 것이 아니고 아차, 하는 사이 뒤통수 맞는 것
느닷없음으로 느닷없음의 배후를 깨닫는 것

옥토끼 사라진 달에겐 죄가 없지 옥토끼 죄도 아니야
떡방아가 배후일까 입방아가 배후일까 그러다가 맞은 뒤
통수도 미지의 소행

미지는 무지의 다른 이름
무늬 깊은 수피 무성한 이파리에 파묻힌 동굴 같은 어
둠을 못 읽는 것

밤새 관절을 앓던 그녀의 신음 나 몰라라 단호하게 꿀
잠에 취하던 날들
그녀의 버거웠을 등짐 헐했을 가슴속
발효된 체액들 봉해 두었다가
이제야 기억의 마개를 따네 홀홀 훨훨 미지는 날고

—
묵념의 한때 머리 푼 바람이 초혼의 웃저고리를 흔드네

젖고 또 젖어 미지는 자꾸 미워지고 미지는

도무지 볼 수가 없고

강에서 쓰는 실록

실록을 쓰자
하류에서 쓰자
닳아빠진 연골의 내력
부대끼며 흘러온 시푸른 정맥의 서사를 쓰자

물어뜯은 것을 쓰자
물어뜯을 수도 없이 퇴화된 앞이빨의 휑한 어둠을 쓰자
상한 어족처럼 바닥을 핥는 지느러미의 낭패를 쓰자

굽이쳐 휠 때 아팠을 등뼈
굽이치다 고꾸라지다 제 속을 후벼 판 비명
내려놓을 게 많아 주춤거릴 때
물잠자리처럼 멈칫거렸을
가문 유속의 들쭉날쭉 폐활량을 쓰자

한 호흡 내려놓으니 보이는
우긋한 것들

흔들리면서도 생존의 뿌리 굳센 갈대
유유자적 피안을 꿈꾸는 백로

어디선가 끌려와 부패를 견디고 발효로 부푸는 비닐봉
지
　애초엔 꽃잎이었던 걸 쓰자

　울컥 범람을 꿈꾸기도 하는
　물컹거리는 자전적 맥락을

　하굿둑에 이르러서야 만져지는
　터지기 직전의 멍울들
　시퍼런 돌기를 쓰자

　뼈에 새긴 갑골 문양의 인장을 찍자

눈송이의 나날

알고 있니?
나부끼는 나는
왔다 가는 상념처럼 지리멸렬 창틀에 눕지

내 속의 찬란한 육각형
섬세한 섬모들이
촉수를 뻗어 당신을 위무하는 저녁이야
어제가 유리창에서 빛났었다고
마가목 열매가 자꾸 몸 밖으로 붉은 즙을 흘리는

미로에서 헤매는 바벨의 도서관처럼
육각형의 진열실은 저마다 얽히고설켜
보르헤스는 이 길 어느 모퉁이에서 반짝이는 걸까

붐비는 고요를 아니?
생떼 같은 죽음의 무늬를 아니?
죽음이 껴입은 외투는 꼭 검정은 아닐 거야
그냥 글썽이는 방식으로
비틀거리는 방향으로
우주의 맨 가장자리까지 불려 나가는 일 따위의 혼곤

함으로

　고요가 조용히 누울 때
　시간을 앞세워 빠져나가는 재재바른 빛깔이지

　먼 나라의 마트료시카처럼
　점점 작아지는 내 눈동자 속 당신은
　전생의 내 어딘가를 들쑤신 목각의 틀 안에 있지

　마가목 열매는 갈수록 새뜻해지는데
　나부끼는 내 눈썹은 젖고 또 젖어
　닫힌 창문 앞에서 서성이는데

숨는 노래

——

병풍 뒤에 숨었죠 당신이 보이지 않는 곳 당신에겐 내가 보이지 않는 곳

황금연못에서 건져 온 기억을 숨겨 놓고 숨죽여 뒷면에 누우면 되나요

여러 폭으로 접히면 내 발은 어디에 있나요 머리카락은 어느 곳으로 날리나요

미처 건져 오지 못한 것들이 수면에 떠도는데 불쑥 찾아드는 생각

끼워 넣기 위해 머리를 조아리든지 발가락을 오므리든지

병풍은 참 암담한 벽이군요

실마리를 찾아내려면 접히는 곳마다 비명의 세로줄 물풀처럼 흔들릴 텐데

—— 호흡을 가다듬고 수면을 퉁기는 소금쟁이처럼 맴돌면

저녁은 왜 물컹한가요 어둑어둑 내 목소리를 덮어 두
나요

왠지 먹먹해서

얼룩진 곰팡이 꽃술 속 나는 자꾸 숨죽이는데

어떤 농법

울음은 쥐똥나무 울타리를 젖히고 산을 타 넘지만
발자국이 타 넘은 마음의 울타리가 자꾸 허술해진다

꽃 보자고 심은 도라지밭에 고라니가 다녀갔다

마악 터지기 직전의 꽃망울 몽땅 해치우기
나의 시각적 사치가 곧 그의 취향이라니!

헐렁한 뱃구레에 뿌리째 떠 간 고추 모
싹둑 가위질한 상추 잎, 냉큼 잘라먹은 콩 넝쿨 펴 놓고
나니
마침 꽃이 필요했던 모양

도라지꽃 한 떼기 왕창 사라진 내력이다
오롯이 달 밝은 밤의 일

혹 어두컴컴한 마음속 골짝 밭에
새로운 식물 한 평쯤 키우고 싶었는지도 몰라
꽃 무더기 무장무장 벙글어 발걸음 나비처럼 가벼울까
도움닫기 없이도 고라니 망을 곡예하듯 훌쩍 타 넘을까

달빛이 고랑 냈을 그의 경작지에
이목구비를 공양한 도라지들도
경주 남산의 목 잘린 부처처럼 그냥 무심해서 파르라니
머리가 시린 공복의 아침이다

고라니 발자국 소리로 뿌리만 키우는 작물들이
귀농의 계절
아침 문안으로 공공 농법 서문을 쓴다
첨삭을 하는 이슬들의 말줄임표 몇 개
점, 점, 점,

수저론(論)

―

밥상에 올라야 할 수저가 입방아에 올랐다

태어나 첫울음 울 때 멋모르고 문 숟가락

금수저, 은수저, 흙수저
플라스틱, 다이아몬드, 비물질 수저 등
수저의 생태학, 효용론을 들먹이며
출생 성분을 따지고
멘델의 법칙을 들이대고

급기야
욕조가 없으면 비데가 없으면 정수기가 없으면 흙수저
라는
자조 섞인 빙고게임 표가 이 시대를 풍미한다

저급일수록 무르다
힘없이 부서져 목구멍을 틀어막기도 한다
뱉을 수 없어 흙수저로 떠먹는 밥
단 한 줄의 스펙이나 빌딩이 되지 못하고 폼 나는 명함
이 되지 못해서

―

대물림, 숙명론에 헬조선 신조어를 낳다가
기발한 발상의 흙수저 생존법을 공유한다

최후의
유일한 흙수저 탈출법은 결혼 포기하기

그래도 뜨거운 불 속에서 버티다 보면
960도에서 은이 녹고 1,063도에선 금이 녹지만
1,200도를 버텨 낸 흙수저는 마침내 버젓한 도자기가
된다고?
불타는 청춘을 구가하라고?

위로 아닌 위로 한마디
숟가락들이 수저통에 나란히 누워 저희끼리 부대끼는
이유다

그리운 꼬리

꼬리가 사라졌다
치렁치렁하던 이다의 꼬리는 어디로 갔나

꼬리의 행방에 관한
무성한 소문의 꼬리들

세상 모든 요설을 수집하다
목구멍 속으로 말려들거나
서로를 탐색하다 능구렁이처럼 가슴속에 똬리 틀었다
고 하지

엉덩머리로 꼬리 치다
눈꼬리에 들러붙어 눈웃음의 주범이 되었다고도 하네

당신이 내뱉으려다 삼켜 버린 말들
꽉 깨문 어금니 사이에 꼬리를 사리고 있는지도 몰라

꼬리가 짧아질수록
꼬리의 기능이 몸 안 어딘가로 차곡차곡 스며들어
꼬리 감추는 법 다양해질수록

인간은 점점 완벽한 영장류가 되었겠지

종(種)의 진화는
꼬리의 퇴화인지도 몰라

슬그머니 꼬리뼈에 손이 간다
먼 고향처럼 아득한 유적
도돌도돌 만져진다

꼬리 치고 싶다

●이다: 2009년 5월 19일 뉴욕 자연사박물관에 공개된 인간과 유인원의 조상으로 추정되는 4,700만 년 전 화석. 긴 꼬리를 가지고 있다.

그늘을 덖다

—

대나무에서 죽간(竹簡)까지
생엽에서 살청엽까지

대나무는 대나무대로
찻잎은 찻잎대로
누군가에게 닿는 전언이 되고 한 모금 감로가 된다는
살청(殺靑),

푸른 녹 벗는 놋그릇같이
살청, 살청, 입안에 고이는 말을 물고
한여름 산에 오른다

발뒤축을 물고 따라오는 산그늘이 탑처럼 우뚝하다

세운 가시로 수분을 붙잡은 선인장처럼
생존의 보호막 까칠해
초록으로 겉도는 한 시절 있었던가

이제는 초록을 아홉 번에 아홉 번씩 덖어야 하리

—

산 빛도 치대고 치대면
푸르죽죽 깊어 가는 저녁이 오고
저녁이 저녁에 기대어 가을이 오는 것

대나무에서 죽간까지
생엽에서 살청엽까지

떫은 나를 닦달하며
그늘이 닳아 마음 차분해질 숙성의 날 기다리며

산 중턱, 무늬 깊은 살청에 든다

물의 카타콤

옌징의 강가
절벽 밑 동굴을 파고든 물 왜 자꾸 휘어드는 거야
아직도 금닭이 홰를 치고 은닭이 물을 낳고 있나

물은 천년을 갇혀 묵상을 견딘 것
여인들의 땀을 쥐어짜고 눈물을 뽑아 동굴에 가둔 것
물의 성분이 충분히 응축됐을 때
그 유해가 발굴된 것

어둠의 통로에서
숨어든 물의 정령이 날 부르네
제의처럼 열두 살 적 나는
암울한 날들의 절벽에 번제로 섰네

메리설산의 만년설은 라꽁스 사원보다 더 가파르고 멀어
스물둘의 삶 휘도록 물지게에 실려 지하로 기울었지

물의 묘지
혹은 부활의 예배소
내 발목이 빠진 곳 통째로 갇힌 곳

저 아가리 깊어 또 천년을 가겠네

당신이 야크를 타고 화촉 밝히러 오는 밤
오늘 밤엔 꽃술 드리우고 싶은데
씻지도 못한 내 안쪽 밀실에 만발하는
복삿빛 도화염

우리 함께 기울어 갈 저 한없이 깊은 우물
이생을 다 걸고 천착해야 할 물의 바닥

난창강이 불의의 엄습을 발목에 숨기고
불콰한 거드름으로 흐르는데
컴컴한 물의 빗장을 풀어도 밤은
내 어깨처럼 등처럼 왜 우묵해지는 거야

●열두 살 적 나: 티벳 자치구 옌징 자다촌의 자시용정. TV 다큐 「차마
고도」.
●도화염: 옌징의 천년염정에서 여인들이 협곡 주변 염전으로 소금물을
길어 올려 4-6월 복사꽃 필 무렵 생산한 소금.

자작나무 외전(外傳)을 읽다

내 전두엽 어느 골짜기
골 깊은 여울 있어
이별과 결별 사이를 걸어 그곳에 간다

적설이 한 옥타브 층을 높여
감발한 밑동들의 명치를 때리는 한낮

뿔을 치켜든 나무는 저마다 생각에 잠겨 냉랭한 직립
이다

수피에는 차마 발설할 수 없는
트레몰로 같은 떨림이 스며 있다

자작자작 불타는 초 한 자루 켜고 싶었을 뿐인데
이별과 결별 틈을 비틀거리다
불어닥친 바람과 마주 선다

뿌리와 우듬지 사이는 얼마나 먼가, 그 간격을
부리 검은 새가 더듬고 있다
소름이 꽃으로 피어 빛나기도 한다는 걸 알았다

당신의 이마가 참으로 정정해서
빙벽에도 꽂히는 칼날의 파동은 되레 환한 통증이다

아침을 기다리는 일이
번다하지 않을 일상으로 개울처럼 흐르면
여울진 자리마다 우둑우둑 소스라칠 당신으로의 동토
(凍土)

내 머릿속 겨울 언저리
단호하게 저무는 한 채의 적막이여

돌의 천축
—고달사지에서

—

석공 고달은 심장을 헐어 돌 속에 심었다지요

겁으로 가는 구도의 행려였다지요

거북을 불러내고 연꽃을 피우고 용틀임을 끌어내느라
마냥 돌 속으로 스몄다지요

거기 천축이 있었다지요
방치한 가족들 구천을 떠돌거나 말거나
출가승으로 거듭나 돌로 피운 구법의 자취 오롯한
폐사지의 가을입니다

연꽃 좌대 위 탁발 나간 스님은 아직 기척이 없고
목 잘린 거북은 비석 메다꽂은 채 잠행 중인데

귀갑문(龜甲紋) 와운문(渦雲紋) 비낀 승탑은
그림자 혼자 훌쩍 저물어 갑니다

마음을 베껴 눌러놓았을 돌들의 야단법석

—

수호신장이 된 느티
잎잎이 천축의 타르초입니다

나도 옥춘

나도밤나무 나도바람꽃처럼
나도,
옥춘이라고 우기는 깨옥춘을 차례상에서 물린다

깨도 아닌
인공 깨를 오목하게 품고
버젓이 진설상에 오른

설빔처럼 호사롭게
제수(祭需) 사이에서 때깔을 뽐내던
춘자 영자처럼 친근한 이름의 옥춘

달콤한 독(毒)으로 눅진했던
때 절은 나이롱 이불 깔린 여인숙 같은
아버지 꽁무니 맴돌던 기생 이름 같은

그리운 옥춘

음복을 하고
추억을 깨물 듯 입에 넣는데 하,

혓바닥에 들러붙는 진홍빛 도발이라니

너도, 옥춘이다

박박 문질러도 소용없는
식용색소 적색 3호의 위력 여전해

아련한 것들 호명하는 밤
입안에 붉은 도장밥으로 남는
옛 애인아

봄의 코르셋

분꽃 씨를 묻으며 씨앗의 발아점이 궁금해졌다

마른 잠의 바다
지극한 침묵의 절기를 지나
고요가 제 속의 자궁을 엿볼 때
잔뜩 부푼 입덧으로 소스라치는

그때 너의 생각은 분홍
그때 너의 꿈은 노랑
그때 너의 표정은 빨강

까맣게 굴린 어둠으로부터 튀어나올 색깔들이
팝콘을 굽는다 부푼 내일이 있다는 듯

늘 거기 있었다고
언젠가 다녀간 적 있다고

봄밤이 씨앗의 사생활을 엿보는 시간
흙이 연금술로 은하를 꽉 쥐고 놓지 않는다
하얗게 불타는 백야

프리다 칼로의 철제 코르셋처럼

그러안았던 관계의 코르셋을 벗어던질 때
씨앗의 발아점이 보였다

후두를 앓는 봄밤에겐 간절한 일

지각변동의 순간
내게 간절하던 발화 지점이 거기 있었다

씨앗이 씨앗 밖으로 발을 뻗는

'잊힐 꿈'에 대한 기록과 '슬픔'의 반란

전해수(문학평론가)

이정원 시인의 세 번째 시집『몽유의 북쪽』은 세월을 통과하며 생(生)의 절취선을 아스라하게 그은 자의 슬픔이 내재된, 한 권의 기록물이자 실록 같다. 시인은 이번 시집에 앞서,『내 영혼 21그램』(2009)과『꽃의 복화술』(2014)을 통해 "불꽃으로 피어오르는 기화(氣化)의 감각"과(『내 영혼 21그램』해설) "생의 미각에 맴도는 통점의 언어"를(『꽃의 복화술』해설) 보여 준 바 있다. 여기에 보태어,『몽유의 북쪽』은 시인이 8년의 세월을 다시 살아 내면서 "어제를 운구하는/말과 말 사이" 범람하는 "기억의 옷깃"을 당겨 "오래 목련을 앓"고 있는 내밀한 슬픔을 나직하게 내려놓는다(『시인의 말』). 그것은 목 놓아 울거나 흐느껴 우는 감정(感情)으로서의 보편적 슬픔을 답보하는 것이 아니라, 슬픔이 마치 주체적 대상이 되어 기어코 잊힐 꿈을 인정하며 침잠하는 방식으로 표출하고 있어서 주목된다. 마치 "강으로 가는 발걸음 붙잡는"(「시인의 말」) 슬픔이 (오히려 가없는) 슬픔에게 위로를 건네는 것 같은 이 방식은 이정원 시인의 체화된 자기 극복이 이정원 시의 슬픔을 스스로 견인하고 있어서 더욱 돋보인다.

이른바 『몽유의 북쪽』은 슬픔이 주체할 수 없는 제 감정에 매몰되지 않고, 이미 체득되어 고요한 물결로 흐르면서 도달한, 진정한 슬픔의 가치를 일깨워 주고 있다. 이번 시집은 두 번째 시집 이후 8년이라는 긴 시간 슬픔의 정처를 찾아 헤맨 이정원 시의 여정을 아낌없이 보여 주는 시집이라 할 수 있다.

신발 속에선 자꾸 시간의 발톱이 자라네

산모롱이 돌아 나풀나풀 나비 여섯 오목한 궁지(窮地)에 내려앉고
철없는 나비들 그녀의 진액을 다 핥아먹고

슬픔은 늘 오목한 곳에 모이지
손목과 다리오금, 복사뼈 부근, 가슴 안골
오목한 곳에 고인 슬픔은 썩지도 않아

부풀고 부화하고 증식하고 저희끼리 둥기둥기
밤이면 떼로 기어 나와 얼씨구, 춤판을 벌였네 그녀는

춤에 지친 그들을 알약에게 주었지
알약 한 알에 손목, 알약 한 알에 무릎을
알약 한 알에 통증, 알약 한 알에 불면을

긴 발톱이 칡넝쿨처럼 엉겨 진보라로 말을 걸고 말을 거
두는 칡꽃의 시간

시간의 발톱을 깎아야 하는데
관절이 점점 오목해져 그녀의 중턱이 움푹 꺼지네

슬픔의과부하 슬픔의반란 슬픔의자기복제

그녀가 중턱에 고여 있네 중력의 자장 안에 갇혀
이내 내리막길을 타려고 하네

턱밑까지 비탈진 그늘
방울져 있던 슬픔의 떼거리들이
떼구르르르 한꺼번에 쏟아져 비탈을 구르네

깎을 새 없이 발톱은 빠지거나 문드러지거나

슬픔의자가당착 슬픔의뼈대 슬픔의행로 슬픔의간절한뿌
리

나비들은 더 이상 오목한 곳에 깃들 수 없어

그녀의 중턱을 오래 서성이네

스멀스멀 기어 나오는 슬픔의 둥지를 겨우 엿보네, 이제
야

이제서야

　　　　　　　　　　　　　—「오목한 중턱」 전문

　이정원 시인을 엄습하는 이 슬픔의 정체는 한마디로 말한다면 세월이다. '신발'은 세월을 건너는 자의 여로를 인식한 사물이며, "시간의 발톱"은 '신발'이 감당해야 할 이물질에 다름 아니다. "오목한 궁지" 혹은 "오목한 중턱"은 중년을 통과해야 하는 몸과 마음이 처한 어려운 상황을 일컫는다.

　중년의 '턱'을 오른 시인은 세월로 망가진 "손목과 다리 오금, 복사뼈 부근, 가슴 안골" 등이 모두 "오목한 궁지"이자 '중턱'인 것인데, 시인은 무언가의 '턱'에 이르면 태생적으로 걸려 넘어지면서 "슬픔의 둥지"를 만든다. 그곳은 "부풀고 부화하고 증식"하여 "긴 발톱이 칡넝쿨처럼 엉겨" 붙은 "칡꽃의 시간"으로 생성된다. 이처럼 '궁지'에서 오래 서성이는 중년의 시간 속에서 슬픔은 "알약 한 알"에 응집되고 의존하는 시간으로 도래해 있다.

　그런데 시인이 호명한 이 모든 슬픔의 실체(예컨대 세월)에 반해서 슬픔의 결말은 보다 즉각적이다. "슬픔의과부하"로 "슬픔의반란"이 들어차다가 "슬픔의자기복제"는 "슬픔의자가당착"에 빠지고, "슬픔의뼈대"를 이룬 것들은 "슬픔

의행로"로 걷다가 종국에는 "슬픔의간절한뿌리"를 내려 온
전히 함께할 "슬픔의 둥지"를 친다. 이정원 시인의 슬픔은
배신으로 몸을 바꾼 것이 아니라, 어쩔 수 없이 거쳐야 하
는 시간의 교착으로 인해 "문드러지거나" "오목한 중턱"을
이룬다. 그 '중턱'에서 '발톱'은 빠지거나 "나비들은 더 이상
오목한 곳에 깃들"지 않지만 그녀는 그곳에서 "오래 서성"
거리는 것이다.

    그늘과 그늘이 겹치면 저녁이 된다

    음각된 저녁의 상량문을 읽으면
    마음이 물가로 기울고 저녁이 밀주를 푼다

    그윽하게 익어 부글거리는 서쪽
    취한 새들이 붉게 물든 부리로 노을을 물고 돌아온다
    죽지에 묻혀 온 바람에 그늘 냄새 깊다

    경계에 서면 누구든 기울어진다
    자꾸 우묵해진다

    슬픔에 슬픔이 겹쳐 호수도
    꽉 잠긴 목을 풀려고 이때를 벼른다
    달에서 퍼 온 어둠 속에 슬그머니 제 중량을 버린다

부풀어 테두리 없는

얼굴에 얼굴이

물살에 물살이 덧칠하는 호수의 하악(下顎)

저어새도 외로운 다리 거두는 때

마른기침의 갈대꽃 야위는 때

저기

한 사람이 온다

심연에서 걸어 나와 젖은 등뼈를 지고 절룩이며

생의 절취선을 넘는다

포개진 그늘에 얼굴을 묻고 매일 저무는 사람

벽에 자신을 거는 사람

가끔은

심장이 켜져 등피처럼 반짝 밝아지는 사람

먹빛이 출렁,

물결을 끈다

—「파묵(破墨)」 전문

그렇다. 이렇게 오목한 것들은 우묵해지면서 "그늘과 그
늘이 겹치[는] 저녁"에 도달한다. '저녁'은 생의 후반부를
이르는 다른 말이 된다. 시인의 말처럼, "자꾸 우묵"해지는
시간 앞에서 생이 '저녁'처럼 저문다.

'파묵'은 먹을 겹쳐 묵의 농담으로 입체감을 표현하는 수묵화의 한 기법을 이른다. '파묵'은 암석의 주름을 묘사할 때 즐겨 사용되는 방법이다. 이 주름은 '파묵'을 거쳐서 생동감을 나타내는 효과를 얻는다. '파묵'처럼, '저녁'은 '그늘'과 닮아서 '경계'를 이루거나 "호수의 하악"처럼 자디잔 물결을 일으킨다.

이정원의 시 「파묵」은 주름진 세월을 연상한 동시에 "생의 절취선"을 넘은 자가 "포개진 그늘" 앞에 서성이며, 을씨년스럽게 저무는 생의 광경을 비춘다. 순간 한 사람이 "젖은 등뼈를 지고 절룩이며" 생을 넘어가는 모습을 본다. 그 한 사람은 "매일 저무는 사람"이자 "벽에 자신을 거는 사람"이다. 심연에서 걸어 나와 마른기침으로 야위는 사람이다. 그러나 가끔은 "반짝 밝아지는 사람"이기도 함을, '파묵'의 먹빛처럼 주름진 생동감을 주기도 함을, 시인은 잊지 않는다.

실록을 쓰자
하류에서 쓰자
닳아빠진 연골의 내력
부대끼며 흘러온 시푸른 정맥의 서사를 쓰자

물어뜯은 것을 쓰자
물어뜯을 수도 없이 퇴화된 앞이빨의 휑한 어둠을 쓰자
상한 어족처럼 바닥을 훑는 지느러미의 낭패를 쓰자

굽이쳐 휠 때 아팠을 등뼈
굽이치다 고꾸라지다 제 속을 후벼 판 비명
내려놓을 게 많아 주춤거릴 때
물잠자리처럼 멈칫거렸을
가문 유속의 들쭉날쭉 폐활량을 쓰자

한 호흡 내려놓으니 보이는
우긋한 것들

흔들리면서도 생존의 뿌리 굳센 갈대
유유자적 피안을 꿈꾸는 백로
어디선가 끌려와 부패를 견디고 발효로 부푸는 비닐봉지
애초엔 꽃잎이었던 걸 쓰자

울컥 범람을 꿈꾸기도 하는
물컹거리는 자전적 맥락을

하굿둑에 이르러서야 만져지는
터지기 직전의 멍울들
시퍼런 돌기를 쓰자

뼈에 새긴 갑골 문양의 인장을 찍자

           —「강에서 쓰는 실록」 전문

이정원 시인에게 슬픔에 대한 기록은 '실록'에 가까운 짙은 체험으로 당도해 있다. 위 시에서 '하류'는 물길이 솟구치며 깊이 흐르다 멈추는 곳이다. 시인의 시작(詩作)이란 이 '하류'처럼 "이마를 짚으며/하류에서" 쓰는 것이고, 그의 시는 "알록달록"한 꿈을 지녔으나 "무채색"이며, "매복한 어둠"이 "강으로 가는 발걸음 붙잡"아 "몽유의 꽃" 한 송이를 피우는 일이니(「시인의 말」), 「강에서 쓰는 실록」은 「시인의 말」과 맞닿아 시인이 쓰는 시의 합목적성을 드러낸다.

이정원 시인에게 시는 "애초엔 꽃잎"이었으나 종국에는 "터지기 직전의 멍울들"이자 "시퍼런 돌기"였음을 알 것 같다. "뼈에 새긴 갑골 문양의 인장"과도 같은 흉통을 안은, 오롯이 슬픔 그 자체인 것이 시다. 이정원의 시는 슬픔이 짙은 '실록'이다.

상한 말에 채여 날개가 나달나달 해어졌다

물길이 두루마리를 펴서 무언가 끄적이고 있다는 소식에
그 갈필의 행간 읽고 싶었다

두물머리에 서서 두 물길 사이 마음 던져 보니
멍 자국이 먼저 읽혔다 멍들은
멍끼리 합세해 서로의 전생을 어눌하게 껴안고 있다

사람의 일 또한 저 물길의 향방처럼 합수쳐 한 획

굵직한 절구(絶句)로 흐르기도 하련만
찢긴 날개로 여기 와 서니 물꽃은 도무지 꽃술을 내어주
지 않는다

꽃술의 어느 지점이 내 앉을 자리일까
혼몽의 한때
저 물길 안쪽에 내 다친 날개 꺼내 깁고 싶기도 했으나

읽다 만 강물의 페이지는 끝내
꽃술 숨긴 채 빠르게 넘겨지고

오래도록 긴 혀를 놀려 마침내 득음한 강물의 소리들 죄
다 푸르러
온전히 허공과 몸 섞고 있다

허공을 받아안아 강물은 부득불 유유하겠으나
서슬 퍼런 바람이 내 귀빰 갈기고 간다

갈대들이 일파만파 물 위에 휘갈기는 마른 붓질도
수심 근처에선 흥건히 젖을 것이다
　　　　　　　　　　　　　　　　　　—「물길에 묻다」 전문

하여 "혼몽의 한때"가 "오목한 중턱"을 건너고 있는 이정
원의 시를 채운다. 이정원의 시는 "수심 근처"에서 물기에

젖어 있다. 물길을 묻는 이야기는 시가 되어 강물의 소리로
대치된 울음을 듣는다. 시인이 쓰는 이 슬픔의 일기가 자주
"허공을 받아안아" 강물처럼 유유히 흐르는 것이니, 이정원
시인에게는 물길이 바로 마음길이 된다.

　위 시 「물길에 묻다」는 "상한 말에 채여" 다친 마음을 헤
아리는 심정을 "읽다 만 강물의 페이지"로 은유하며 유유히
흐르는 강물을 경외감으로 바라보게 한다. 물은 "지느러미
의 낭패"와 "시푸른 정맥"과 "등뼈"와 "우긋한 것들"을 생이
라는 "문양의 인장"으로 찍으면서 한 길 마음속처럼 도무지
알 길 없는 "혼몽의 한때"를 내어준다. 곧 물길에 내어주고
는 득음한 강물 소리를 품는다.

　　베네치아에 가고 싶었지 안개의 나날 (중략)

　　베네치아에 가고 말았네 데스크를 흘금거리며 베네치아
　로 가는 티켓 훔치고 말았네 재의 수요일이 닥치기 전 나를
　방류하러 안개에 몸을 실었네 금서(禁書)의 첫 페이지 열듯
　두근거렸네 저무는 물길 술패랭이처럼 가닥가닥 찢어져 있
　었네 낯선 곳에서 길을 잃는다는 건 미로에 갇히는 거였네
　어느 가닥을 좇아도 산마르코 광장에 닿지 못했네 덩덩 종
　소리 귓속에 꽂히고 있는데 종루는 어디에 있는지 비행운이
　획획 스치는 난바다에서 오도 가도 못 하고 한 잎 섬으로 둥
　둥 떠 있었네
　　　　　　　　　　　　　　　　　　　　　　─「물의 감옥」 부분

몽유의 시간을 더듬어 물을 찾아 물의 도시 베네치아로 가길 원하는 시인은 베네치아에 가서도 정작 물에는 닿지 못하고 있다. 미로에 갇힌 듯 길을 잃고 있다. "물의 감옥" 인 "비행운이 휙휙 스치는 난바다에서 오도 가도 못 하고 한 잎 섬으로 둥둥 떠" 있다. 정처를 잃고 헤매고 있다. "물의 감옥"에 자진하여 갇힌 화자가 정작 '섬'으로 떠 있다.

위 시 「물의 감옥」은 베네치아에 대한 시인의 생각을 드러낸다. 물의 도시는 안개를 동반하기에 자칫 길을 잃기 쉽고 길을 잃는다는 건 물길에 찢어져 있는 '술패랭이'처럼 나를 '방류'할 수 없다는 말이기도 한 것이다. '방류'될 수 없다는 것은 흐르지 못하고 갇히는 것을 의미한다.

> 물은 천년을 갇혀 묵상을 견딘 것
> 여인들의 땀을 쥐어짜고 눈물을 뽑아 동굴에 가둔 것
> 물의 성분이 충분히 응축됐을 때
> 그 유해가 발굴된 것
>
> 어둠의 통로에서
> 숨어든 물의 정령이 날 부르네
> 제의처럼 열두 살 적 나는
> 암울한 날들의 절벽에 번제로 섰네
> ──「물의 카타콤」 부분

이제 "물의 감옥"은 "물의 카타콤"에 갇혀서 비현실적인

현실이 된다. 물은 슬픔의 거대한 지하 무덤을 이루고 있다. 그러나 이 물로 이루어진 무덤은 더 이상 슬픔에 매몰되지는 않는다. 죽음이라는 번제로 사라지거나 다시 태어난다. 생과 사가 동일해진다. "유해가 발굴"되고 "눈물을 뽑아" 가둔 곳은 "물의 정령"이 어둠의 통로를 열어 암울한 날들을 번제로 사라지게 한다. 암울한 날들은 "무채색"에서 "알록달록"한 꿈으로 바뀌기 시작한다.

영통동 오백 살 노옹의 최후는
저 장맛비의 식탐 탓일까

몸통에 빨대를 꽂은 매미 때문인지도 몰라 축축한 구멍
핥던 개미나 지네 때문인지도 몰라 멱살 쥐고 흔들던 바람,
두 눈에 불을 켜고 질주하던 경적 탓인지도 몰라

아니 노구에
때때로 결렸을 옆구리
시치미 떼고 견뎠을 고독을 툭 건드려 주었을지도
저 느티
이때다 싶어 목숨 줄 놓아 버렸을지도

스물아홉 번쯤 있었을 거야 크고 작은 골절, 삼백 번쯤
있었을 거야 들쑤시는 통증 그리고 단번의 절명

속이 저리 헐하다니

몸통에 적멸 감추고 버려 낸 발가락만 지상에 낙관을 찍
네

미지(未知)는 그런 것

미지는 보는 것이 아니고 아차, 하는 사이 뒤통수 맞는
것

느닷없음으로 느닷없음의 배후를 깨닫는 것

옥토끼 사라진 달에겐 죄가 없지 옥토끼 죄도 아니야 떡
방아가 배후일까 입방아가 배후일까 그러다가 맞은 뒤통수
도 미지의 소행

미지는 무지의 다른 이름

무늬 깊은 수피 무성한 이파리에 파묻힌 동굴 같은 어둠
을 못 읽는 것

밤새 관절을 앓던 그녀의 신음 나 몰라라 단호하게 꿀잠
에 취하던 날들

그녀의 버거웠을 등짐 헐했을 가슴속

발효된 체액들 봉해 두었다가

이제야 기억의 마개를 따네 훌훌 훨훨 미지는 날고

묵념의 한때 머리 푼 바람이 초혼의 웃저고리를 흔드네

젖고 또 젖어 미지는 자꾸 미워지고 미지는

도무지 볼 수가 없고

—「미지의 귀납적 추이」 전문

그러므로 '미지'는 거꾸로 되돌아와 다시 이곳에서 화자
에게 질문을 던진다. "도무지 볼 수가 없고" "자꾸 미워지"
는 '미지'는 '절명'에 의해 결국은 죽음에 이르는 알 수 없는
장소가 되고 만다. 이정원 시인은 자주, 숙명처럼, 죽음을
생각하는 것 같다. 아니라면, 죽음이라는 '미지'를 조롱하는
지도 모른다. '스물아홉 번의 골절'도 '삼백 번의 통증'도 "단
번의 절명" 앞에서 무색하다는 건 "이때다 싶어 목숨 줄 놓
아" 버리는 '느티'의 저 고독을 통해 죽음의 무거움을 가벼
움으로 돌연 희화하는 태도에 다름 아니다.

"미지는 그런 것"이다. "미지는 보는 것이 아니고" "뒤통
수 맞는 것"이다. 시인에게 "미지는 무지"란 것도 인상적인
귀결이라 할 수 있다. '미지'는 "동굴 같은 어둠을 못 읽는
것"이고 "헐했을 가슴속/발효된 체액"을 '무지'해서 거두는
일이기도 하다. "젖고 또 젖어" "도무지 볼 수가 없"는 자신
이자 그의 죽음이 바로 '미지'인 것이다. 죽음으로 되돌아올
귀납적 추이, '미지'는 바로 죽음과 함께하는 생 바로 그 자
체인 것이다. 그것이 바로 '미지'의 삶의 정체다.

목련은 북쪽으로 봉오리를 연다

나의 북쪽도 그처럼 간절해
북망(北邙)은 아직 멀다고 북향을 피해 잠을 청하는데 꿈
마저 자꾸 북쪽으로 자란다

길몽과 흉몽 사이 궁극의 모퉁이
북쪽은 순록의 땅

내 머릿속 툰드라에도 순록 떼
밤을 치받는 뿔의 각도가 단호하다

북방 기마민족의 피가 내 혈류를 타고 질주하나 봐
무릎에 피는 서릿발, 발뒤꿈치에 굽이치는 찬 기류, 곱은
손등에 얼음을 가두고도
머리는 자꾸 북으로 기운다

강파른 유목의 땅 찬 별빛
눈 덮인 오미야콘 마을의 감빛 등불을 정수리에 건다

자작나무 우듬지에 핀 설원의 문장을 읽으며
아무르, 아무르, 시베리아 열차에 오른다

바이칼호를 차창에 두르고 서늘한 이마가 지향하는 쪽

길을 잡으면

　내 몸속 얼음골 지나 순록의 뿔 치켜든 바람은 끝끝내 북
향!

　맹목이 펼친 호수의 수위는 잠의 이면에서 드높다

　밤새 푹푹 빠지는 몽유의 발목을 거두면 눈발은 하염없
이 새벽으로 치닫고

　비발디의 겨울이 내 생(生)의 숨찬 악장을 쩡쩡 가르고
있다
　　　　　　　　　　　　　　　　　─「몽유의 북쪽」 전문

　하여 '북쪽'은 '미지'의 다른 이름이자 '몽유'를 이르는 방
향이 된다. 예컨대 '북쪽'은 '북망, 북방, 북향'으로 거듭 호
명되면서, "길몽과 흉몽 사이 궁극의 모퉁이"를 돌아 찾아
갈 "순록의 땅"을 이른다. 그러나 '순록'은 '툰드라'에서 북
방 기마민족의 혈류를 타고 '북방'으로 기운다. "몽유의 북
쪽", 강파른 유목의 땅, 거친 "시베리아 열차"에 오른다. 서
늘한 이마가 닿은 '북향'을 향해 '몽유'의 발목을 딛고, 생의
악장(樂章)은 '겨울'을 향한다. 절절한 '북쪽'으로 꿈마저 쩡
쩡 겨울을 가르고 있다. '북쪽'으로 맹목이 펼친 '몽유'의 꽃
봉오리를 연다.

만물이 소생하는 봄의 전령인 '목련'에서 '몽유'를 보는 시인의 내면은 아스라한 슬픔으로 젖어 있다. 봄에서 겨울로 옮기는 시선에는 북망산천이 있고, '몽유'는 '목련'과 다르지 않은 이름이 된다.

담을 허물고
암막 커튼을 젖히고 달빛처럼 잠입하는
마타 하리,
물랭루주는 성업 중이죠, 밤이면 밤마다

그대 어쩌다 내 애인인 거 맞죠
흥청망청 현란한 밤무대에서
몸은 야밤의 두건 정신은 동트는 새벽의 벌새
아리송한 머릿속 누벼 무슨 비밀을 캐려는지 몰라, 마타 하리

젖은 눈썹의 낙타가 몰려와요 고비사막 한가운데 길 잃은 문장이 발자국을 찍어요 고뇌의 별들 총총 벌써 스무 날째! (중략)

이래도
나의 애인 할래요? 마타 하리
새벽의 몽마르뜨에서 헛물켜다가 물랭루주엔 발도 못 들여놓았지만

붉은 풍차는 밤새 헛바퀴 돌렸지만

결단코 그대 따돌리려 해도
꼼짝없이 그대에게 덜미 잡힌 거,
맞죠

　　　　　　　　　　　　　—「그대라는 덜미」 부분

　시는 이제, 이정원 시인에게는 "따돌리려 해도/꼼짝없
이" 덜미를 잡는 대상이 되었다. 이정원식의 표현대로라면,
"슬픔의자가당착"이다. 온전히 시의 세계에 남을 시인, 이
정원 시인에게 시는 "그대라는 덜미"이며 시의 덜미에 잡힌
그대가 바로 이정원 시인 자신이다. 이정원 시는 이렇게 다
시 세상 밖으로 나오고 있으며, 이내 다시 세상 너머로 사
라질 태세다. 스스로 '몽유'를 꿈꾸는 슬픔의 기록을 『몽유
의 북쪽』을 통해 자청한다.
　요컨대 이정원 시인은 이번 시집을 통해 슬픔을 덤덤하
게 꺼내 놓음으로써 슬픔을 복기하며 오히려 생의 한 자리
에 놓인 감정이 슬픔이라는 기정사실에 반란을 반복한다.
시인이 품은 것이 그 어떤 감정보다 슬픔이어서 다행이라
여기는, 시인의 슬픔에 대한 남다른 인식은 사라질 시간과
잊힐 꿈에 대한 마음이 촉촉하게 적셔져 있어서 이토록 뭉
클하고도 오래도록 아름답다.